Vente du Samedi 25 Mai 1867.

OBJETS

DE LA CHINE

ET DU JAPON

Exposition publique le Vendredi 24 Mai 1867

M⁰ CHARLES PILLET,
COMMISSAIRE-PRISEUR

M. CHARLES MANNHEIM,
EXPERT

1867

EXEMPLAIRE DE H STETTINER

Mr Stitzer

CATALOGUE

D'OBJETS DE LA CHINE

ET DU JAPON

**Émaux cloisonnés ; Colliers en lapis ;
Cristaux de roche ; Jades ;
Beaux Vases et Brûles-Parfums en bronze inscrusté d'argent ;
Vases, Bols, etc., en porcelaine de Chine ;
Poteries de Satsuma ;
Laques rouges de Pékin ; Laques du Japon ;
Sculptures en bois et en ivoire ; Étoffes de soie et autres ;
Objets divers.**

DONT LA VENTE AURA LIEU

HOTEL DROUOT, SALLE N° 5

Le Samedi 25 Mai 1867

A DEUX HEURES.

Par le ministère de Mᵉ **Charles PILLET**, Commissaire-Priseur,
11, rue de Choiseul,

Assisté de M. **Charles MANNHEIM**, Expert, rue de la Paix, 10.

Chez lesquels se trouve le Catalogue.

EXPOSITION PUBLIQUE

Le Vendredi 24 Mai 1867, de une heure à cinq heures.

Paris. — Imp Pillet fils ainé, rue des Grands-Augustins, 5.

DÉSIGNATION DES OBJETS

Émaux cloisonnés et autres

1 — Plateau de forme hexagone en émail cloisonné ; le fond
et le pourtour sont décorés de fleurs en couleurs sur fond
bleu turquoise. Le bord intérieur offre des écailles émail-
lées blanc.

2 — Jardinière de forme contournée en cuivre doré, enrichie
de médaillons en argent repoussé et émaillé et à bordure
en émail cloisonné.

3 — Six petites tasses avec soucoupes en émail cloisonné à
fleurs et ornements.

4 — Grand vase modèle balustre à six pans, en émail de
Chine fond bleu et médaillons de paysages.

5 — Trois coupes sur piédouche en émail de Chine, décorées
de fleurs sur fond rouge.

6 — Boîte de forme carrée à angles arrondis, en émail cloisonné du Japon fond bleu et ornements variés.

Bronzes

7 — Brûle-parfums à couvercle, en bronze, enrichi d'incrustations en or et en argent ; le couvercle est découpé à
jour.

8 — Brûle-parfums de forme hexagone en bronze enrichi
d'incrustations en argent. Il repose sur trois pieds têtes
chimériques.

9 — Grand cornet en bronze, garni d'un grand nombre d'anneaux mouvants.

10 — Petite divinité chinoise en bronze.

11 — Petit vase en bronze rehaussé de parties dorées.

12 — Groupe de deux grandes carpes debout et accolées, sur
socle formé de vagues de la mer.

13 — Grande chimère assise en bronze.

14 — Deux vases modèle balustre en bronze, enrichis d'incrustations d'argent.

15 — Deux petits vases en bronze forme balustre, à deux anses garnies d'anneaux mouvants.

16 — Brûle-parfums à trépied ; anses formées de dragons et couvercle découpé à jour surmonté d'une chimère.

17 — Grand vase en forme de bouteille à goulot allong' et à pans ; dragons en relief autour du col, arêtes saillantes et ornements sur la panse.

18 — Deux pièces : personnage en riche costume et petit cheval en bronze.

19 — Personnage debout sur un poisson fantastique.

20 — Vase modèle balustre carré en bronze, enrichi d'incrustations en argent et à anses garnies d'anneaux mouvants.

21 — Vase forme bouteille à long goulot droit, en bronze incrusté de filets d'argent.

22 — Aiguière de forme élégante en bronze doré du Tonkin, enrichie d'ornements en relief.

23 — Animal couché, destiné à supporter un disque.

24 — Deux grands vases en bronze, à figures et branchages en relief.

25 — Deux brûle-parfums à panse sphérique, décorés d'animaux en relief et reposant sur trois pieds à têtes chimériques.

26 — Brûle-parfums de forme carrée à angles arrondis, en bronze incrusté de filets d'argent.

Matières précieuses

27 — Collier composé de cinquante-quatre belles boules de lapis.

28 — Autre collier composé de cinquante-deux boules de lapis.

29 — Bracelet composé de vingt et une boules de lapis.

30 — Quatre fortes boules en lapis.

31 — Collier de mandarin composé d ecent six boules de lapis, enrichi de boules et de pendentifs en rubasse.

32 — Joli vase en cristal de roche, modèle balustre, à couvercle, entouré d'oiseaux et reposant sur une terrasse; le tout pris dans la masse. Socle et étagère en bois sculpté.

— Groupe formé de rochers et de chimères, en cristal de roche. Sur socle et contre-socles en bois sculpté.

34 — Écritoire de forme sphérique à couvercle, en cristal de roche.

35 — Groupe de deux chimères en cristal de roche.

36 — Écritoire de forme contournée en cristal de roche.

37 — Petit vase modèle balustre en cristal de roche.

38 — Autre petit vase de même matière et de forme analogue.

39 — Rocher en pierre sculptée, imitation de lapis.

40 — Deux petites chimères en cristal de roche.

41 — Deux figurines en cristal de roche.

42 — Écritoire en forme de tortue, en cristal de roche.

43 — Cachet carré surmonté d'une chimère, en cristal de roche.

44 — Petit plateau en forme de feuille, en cristal de roche.

45 — Chimère couchée, de même matière.

46 — Petite coupe en jade verdâtre, à branchages et fleurs découpés à jour.

47 — Groupe formé d'un oiseau et de branchages, en jade gris.

48 — Très-petite coupe en agate à deux anses.

49 — Gourde de forme lenticulaire en jade vert, à ornements sculptés en relief et à anses en S prises dans la masse.

50 — Vase de même matière, à dragons et ornements sculptés en relief.

50 *bis* — Coupe ronde en jade blanc, bien évidée.

51 — Bouton en jade blanc, composé d'oiseaux et de branchages finement sculptés et découpés à jour.

51 *bis* — Groupe de deux poissons et plantes aquatiques en
jade blanc verdâtre.

52 — Petit vase de forme aplatie, en jade vert à ornements en
relief.

53 — Brûle-parfums en bois de fer, enrichi d'incrustations de
jade blanc découpé à jour.

54 — Brûle-parfums analogue à celui qui précède, sur pied
élevé.

Porcelaines

55 — Grand vase forme bouteille, en porcelaine de Chine
gaufrée à fleurs céladonnées sur fond gros bleu.

56 — Deux vases modèle balustre à six pans en porcelaine de
Chine, décorés de paysages et de figures en bleu et rouge
de cuivre.

57 — Deux grands vases modèle balustre, décorés de personnages et fleurs émaillés en couleurs.

58 — Deux vases de forme cylindrique en porcelaine craquelée, décorés de paysages avec figures en camaïeu bleu.

59 — Vase en forme de gourde à couvercle, décoré de
paysages avec fabriques en camaïeu bleu et rouge de
cuivre.

60 — Fort vase modèle balustre à ouverture large, en porcelaine de Chine gaufrée à ornements et émaillée bleu.

61 — Deux petits vases de forme cylindrique, décorés de figures dans des paysages finement décorés en couleurs.

62 — Petit vase de forme ovoïde à deux anses chimériques,
en porcelaine de Chine émaillée rouge haricot.

63 — Deux flambeaux en porcelaine de Chine, formées de
chimères couchées.

64 — Deux figurines d'enfants debout, en porcelaine de Chine
émaillée en couleurs.

65 — Deux vases de forme ovoïde, en porcelaine craquelée
gris et chimères décorées en camaïeu bleu.

66 — Vase forme bouteille en céladon vert d'eau un dragon en relief entoure le goulot du vase.

67 — Vase modèle balustre, en porcelaine de Chine fond bleu empois.

68 — Vase forme bouteille, en céladon bleu turquoise uni.

69 — Vase de même forme, en porcelaine de Chine émaillée noir.

70-75 — Six vases forme bouteille, en porcelaine de Chine et de décors variés, qui seront vendus séparément.

76 — Petit vase de forme ovoïde à côtes, en porcelaine de Chine jaspée.

77 — Vase modèle balustre, decoré de paysages avec figures en camaïeu bleu et rouge de cuivre.

78 — Vase de décor analogue, mais de forme différente.

79 — Vase modèle bambou, décoré d'arbustes en relief sur fond émaillé jaune.

80 — Quatre flambeaux en porcelaine de Chine, modèle éléphant.

81 — Deux flambeaux de même modèle, mais plus petits.

82 — Très-petite jardinière en céladon bleu turquoise uni.

83 — Onze bols en porcelaine de Chine, variés de décors. Ce lot sera divisé.

84 — Vingt petites tasses en porcelaine de Chine variées de décor. Ce lot sera divisé.

85 — Pou Taï, dieu du contentement, en terre émaillée jaune.

86 — Jolie théière en poterie de Satsuma à décor émaillé sur fond d'or.

87 — Petit vase porte allumettes en poterie de Satsuma à décor très-fin émaillé en couleurs et rehaussé d'or.

88 — Cinq tasses de même poterie et de décor analogue.

89 — Cinq tasses en porcelaine de Chine à décor émaillé.

90 — Coupe en porcelaine de Chine fond vert et décor émaillé.

91 — Deux coupes à couvercle en porcelaine de Chine.

Objets variés

92 — Deux petites boîtes carrées en laque rouge de Pékin, à
tiroirs à ornements et fleurs en relief.

93 — Petit meuble cabinet en laque rouge de Pékin, à paysages
et ornements en relief.

94 — Théière de forme élégante en laque rouge de Pékin
sur métal, décorée de paysages et d'ornements en relief.

95 — Boîte de forme oblongue en laque rouge de Pékin, à
paysage et fleurs en relief.

96 — Boîte de forme carrée à quatre compartiments en laque
rouge de Pékin, à médaillons décorés d'attributs et fond
couvert de fleurs en relief.

97 — Boîte en forme de fruit en laque rouge de Pékin à figures, fleurs et fruits sculptés en relief.

98 — Boîte de forme contournée de même travail.

99-100 — Cinq petites boîtes en forme de fruits en laque rouge de Pékin, à feuillages en relief réservés en vert. Ce lot sera divisé.

101 — Petite barque en ivoire sculpté montée par des enfants. et enrichie de branchages découpés à jour.

102 — Petit groupe formé de rochers, d'arbustes et de personnages en ivoire sculpté.

103 — Grande chimère en bois sculpté, ses yeux sont incrustés d'ivoire.

104 — Six pitongs en bois sculpté à figures dans des paysages. Ils seront vendus par deux.

105 — Rocher en bois sculpté, décoré d'arbustes et de paysages.

106 — Deux groupes d'oiseaux en bois sculpté.

107 — Cabinet en laque aventuriné du Japon, décoré de figures laquées sur fond de bois naturel.

108 — Boîte à compartiments en laque du Japon fond noir et or.

109 — Deux éventails à montures en ivoire sculpté.

110 — Éventail en nacre de perle.

111 — Deux éventails à montures en laque.

112 — Deux porte-allumettes et une petite boîte en ivoire sculpté.

Étoffes

113-116 — Six pièces d'étoffe de soie pour robes ou tentures ; qui seront vendues séparément.

117 — Deux pièces de foulards : l'une jaune et l'autre bleu d'eau.

118 — Costume complet en étoffe de soie. Il se compose de la culotte, du gilet, de la robe et des bottes.

119 — Deux paires de manches en étoffe brodée à figures et ornements.

120 — On vendra sous ce numéro les objets omis.